My Persian

Hello! My name is Dina. Tomorrow my family is getting together for the Persian celebration of Yalda night. It will be so much fun. Do you know what my favorite part is? I get to stay up late!

سلام! من دینا هستم. فردا شب خانواده من دور هم جمع می‌شوند که شب یلدا را با هم جشن بگیریم. خیلی خوش می‌گذرد.
می‌دانید بهترین قسمت آن کدام است؟
شب یلدا می‌توانم دیرتر به رختخواب بروم!

I know the Yalda celebration is getting closer when the sun goes down earlier and comes out later each day. With less and less sunlight, days become shorter and colder. My mom begins to worry and dresses me in my warmest clothes. I don't like that at all.

وقتی خورشید زودتر پایین می‌رود و صبح‌ها دیرتر بالا می‌آید معلوم است که جشن شب یلدا نزدیک است. نور خورشید هر روز کم و کمتر می‌شود و روزها هر روز کوتاه‌تر و سردتر. مامان لباس‌های گرم به تن من می‌پوشاند. من اصلا آن‌ها را دوست ندارم.

Usually, the shortest day of the year falls on December 21st. Ancient Persians believed that on that day, the sun breaks free from the darkness of winter and begins to shine again, warming the earth. That's why on the night of Yalda, Persian families get together to celebrate the newborn sun.

معمولا روز بیست و یک دسامبر کوتاه‌ترین روز سال است. ایرانیان قدیم باور داشتند که در این روز خورشید، تاریکی زمستان را شکست می‌دهد و دوباره بیرون می‌آید و زمین را گرم می‌کند. برای همین است که ما شب یلدا دور هم جمع می‌شویم و آمدن خورشید نو را جشن می‌گیریم.

Sadaf
BARBERRIES
ZERESHK
زرشک
Zarrin
AHMAD TEA
LONDON
Saffron
Special Blend Tea
with Cardamom Flavor
BANOO
Sadaf
BARBERRIES
ZERESHK
زرشک

Today Baba, Dadash, and I go shopping.
We stock up on fresh and dry fruits,
sweets, and nuts. Yum!

امروز من و بابا و داداش به خرید شب یلدا
می‌رویم و میوه‌های تازه و خشک، شیرینی و
آجیل می‌خریم. به‌به!

By the time we get home, Mamabozorg's famous pomegranate soup is almost ready. The kitchen smells so good my stomach starts rumbling. oooorrrr!
"This soup has so many vitamins it will keep you healthy for the rest of winter!" Mamabozorg says.

وقتی به خانه می‌رسیم سوپ انار که مامان بزرگ پخته تقریبا حاضر است. آشپزخانه آن‌قدر بوی خوبی دارد که شکم مرا به غر‌غر می‌اندازد.
مامان بزرگ می‌گوید: "این سوپ آن‌قدر ویتامین دارد که تمام زمستان شما را سالم نگه می‌دارد."

I ♥ doogh

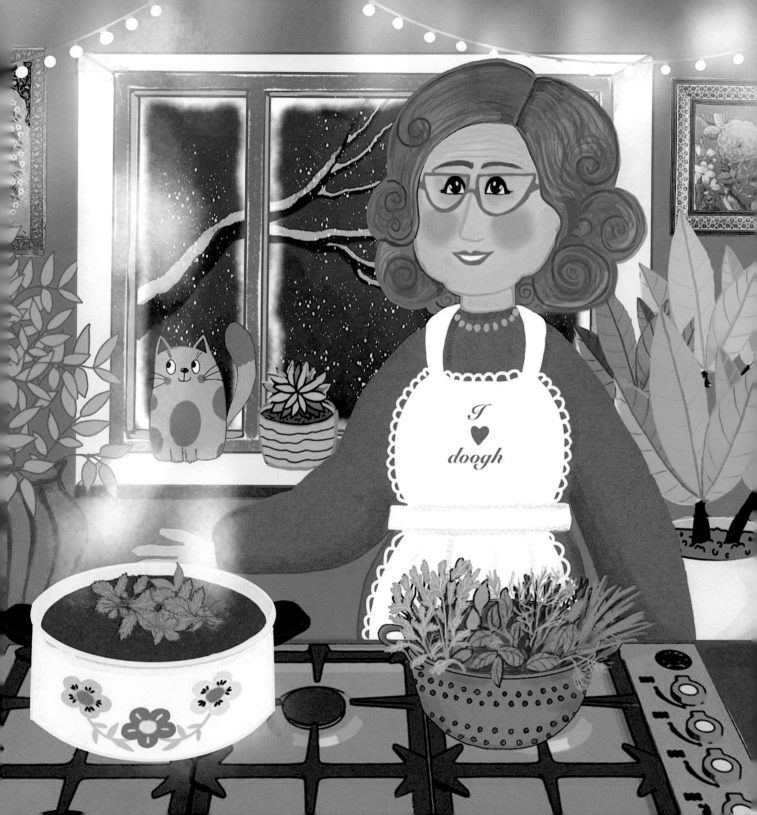

Maman and I set up the table. The red color of pomegranates and watermelons symbolize the sun. Candles represent the warmth and light the sun gives us all year long. Look how beautiful our table is! It is time for dinner.

من و مامان میز را می‌چینیم. رنگ قرمز هندوانه و انار نشانه خورشید است. شمع نشانه‌ی گرما و نور آن است که تمام سال ما را گرم نگه می‌دارد. ببینید میز ما چقدر خوشگل شده. شام حاضر است.

After dinner, Maman brings in some saffron-laced sweet tea, and I know it is time for singing, storytelling, poetry reading, and dancing.

بعد از شام، مامان چای شیرینِ زعفرانی می‌آورد و من می‌دانم که وقت قصه‌گویی و شعر خواندن و آواز خواندن و رقصیدن رسیده است.

Bababozorg tells a story I have heard many times before but would love to hear again. Long ago, in the ancient land, Persia people did not know how to start a fire. Not knowing how to start a fire was especially hard during cold and dark winters.

بابا بزرگ قصه‌ای می‌گوید که من بارها شنیده‌ام اما
باز هم دلم می‌خواهد آن را بشنوم. روزی روزگاری
در سرزمینی قدیمی، ایرانیان زندگی می‌کردند اما
آن‌ها نمی‌دانستند چه‌گونه آتش روشن کنند. بدون آتش
در زمستان‌های سرد و تاریک، زندگی سخت بود.

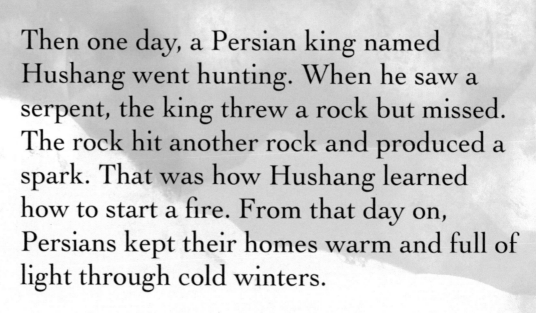

Then one day, a Persian king named Hushang went hunting. When he saw a serpent, the king threw a rock but missed. The rock hit another rock and produced a spark. That was how Hushang learned how to start a fire. From that day on, Persians kept their homes warm and full of light through cold winters.

اما یک روز پادشاهی که اسمش هوشنگ بود به شکار رفت. وقتی ماری را دید، سنگی به طرف او پرتاب کرد اما سنگ به مار نخورد. سنگ به سنگ دیگری برخورد کرد و جرقه زد.هوشنگ فهمید که آتش چطور درست می‌شود.از آن روز به بعد ایرانیان توانستند خانه‌های خود را در طول زمستان گرم و روشن نگه دارند.

Once Bababozorg finishes his story, my brother begins playing his santoor! Bah bah! These are the magical sounds of santoor!
"Bah! Bah!" says Bababozorg.
"Great job!" says Mamanbozorg.

وقتی قصه بابابزرگ تمام می‌شود برادرم سنتور می‌نوازد. به‌به! صدای جادویی سنتور.
بابا بزرگم می‌گوید:
"به‌به!"
مامان بزرگم می‌گوید:
"چه‌قدر خوب می‌نوازی!"

دیوان حافظ

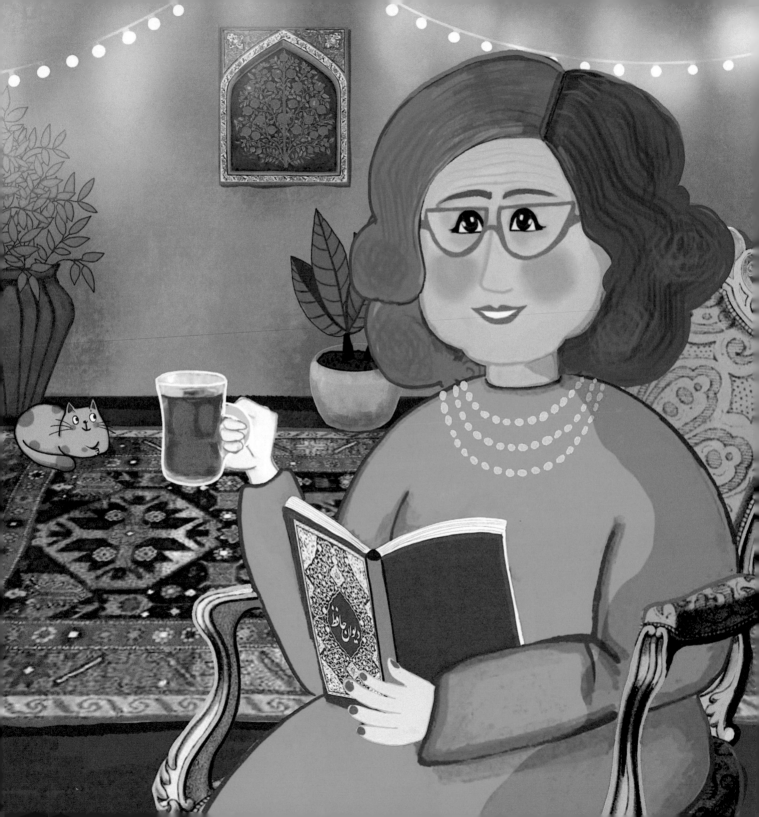

After that, Mamabozorg opens her book of poetry by Hafez to tell everyone's fortune. I feel warm and happy inside because poetry sounds so beautiful and Mamanbozorg's voice is so soothing. I eat some watermelons and pomegranates. Sometimes, if I don't understand a word, I ask Mamanbozorg, and she always explains it.

بعد مامان بزرگ از روی کتابِ حافظ خود برایمان شعر میخواند و فال میگیرد. من احساس خیلی خوب و شادی دارم چون شعرها خیلی زیبا و صدای مامان بزرگ آرامشبخش است. من هندوانه و انار میخورم. بعضی وقتها که معنای کلمهای را نمیدانم از مامان بزرگ میپرسم و او برایم توضیح میدهد.

Finally, everyone gets up to dance. I love dancing and so does everyone in my family!

در پایان همه بلند می‌شوند که با هم برقصند. من و خانواده‌ام همگی رقصیدن را خیلی دوست داریم.

Celebrating Yalda with my family this year was a lot of fun. How do you celebrate Yalda with your family?

جشن یلدا امسال خیلی خوش گذشت. تو و خانوادهات یلدا را چطور جشن می‌گیرید؟

When Shaadi can't find her rooster, Joojoo, she goes around asking her neighbors, the local baker, and the shepherd boy if they have seen her rooster friend. What Shaadi hears from them surprises her. She has taken care of Joojoo since he was just a little chick, and she hasn't realized that he has grown into a big and strong bird. Set in the charming village of Abyaneh, this story is about the power of love and friendship. Written for children ages 3 to 7 and their parents.

My Maman
مامان من
Anahita Tamaddon

My Baba
بابای من
Anahita Tamaddon

My Grandma and Grandpa
مادربزرگ و پدربزرگ من
Anahita Tamaddon

My Brother
برادر من
Anahita Tamaddon

The Meaning of Nowruz
معنای نوروز
Anahita Tamaddon

THE IMMIGRANT GIRL'S GARDEN
ANAHITA TAMADDON

Anahita Tamaddon
Mehregan with My Grandma
مهرگان با مادربزرگم

Yalda Night
(In Persian & English)
Anahita Tamaddon

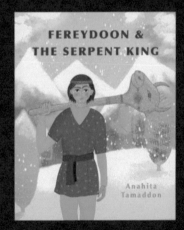

FEREYDOON & THE SERPENT KING
Anahita Tamaddon

THE PRINCESS WARRIOR
Anahita Tamaddon

Our Haft Sin
هفت‌سین ما
Anahita Tamaddon

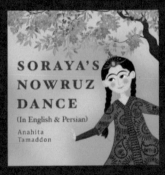

SORAYA'S NOWRUZ DANCE
(In English & Persian)
Anahita Tamaddon

Dina's Ghormeh Sabzi Stew
خورشت قرمه‌سبزی دینا
Anahita Tamaddon

Made in United States
Troutdale, OR
11/15/2024

24765417R00019